詩人

si jîn

台華雙語詩集

方耀乾

自序　一切來自爸母佮母土：我的文學著作佮創作觀（台語）

方耀乾

我是來自台南縣安定鄉海寮村（現為台南市安定區海寮里）的一个「庄跤囡仔」。讀小學進前，我唯一會曉聽、會曉講的語言是台語。所以扗讀小學的時，我聽無老師所講的「國語」：也就是華語。慢慢到小學二年仔我才聽有華語。我規世人毋捌佇正式的學制內學過我的母語。所以我的寫作語言是先對華語開始的，然後閣學英語寫作，最後才回歸轉來用台語寫作。如今我以推動本土語言、以及以創作佮研究台語文學作志業。下面欲佮逐家分享我的求學、創作過程以及我的文學創作觀。

一、我的求學佮創作過程

佇我猶懵懂的庄跤小學歲月裡，佇漫漫長長無聊的夏天裡，閱讀成作我心靈的寄託。假日的日時我定定椅仔㨑咧，就去竹抱跤看冊，非假日就佇學校看冊。也就是佇這个時陣，我養成閱讀的習慣。彼當時差不多讀遍學校圖書室裡的囡仔冊、囡仔古，所讀的主要是經過改編過的兒童版世界名著、中國名著，以及各國民間故事集。這是我文學的啟蒙時代。

進入多愁善感的國中期，每禮拜一擺的週記成為我抒發情感的出口。彼時猶是用毛筆寫週記的年代，一本週記寫無幾禮拜就寫滿，一學期會寫幾偌本。閱讀方面，主要是中國的詩詞、當代的散文美文、愛情小說等。佇創作方面猶是輕輕薄薄，只有寫一寡散文、幾首仔絕句、幾首仔現代詩。

到高中，因為荏身，這特別致使我多愁善感，無愛出外運動抑是佮人盤撋，規日關佇房間內讀世界小說名著、浪漫派詩歌、中國古典詩詞佮西洋哲學。也是佇這个時期，立志欲往文學的路途行。這个階段有寫一寡散文，一寡現代詩，毋過真少發表。

大學佮碩士攏是佇充滿浪漫、充滿文學氛圍的陽明山頂——中國文化大學——讀冊。因為讀的是西洋文學，佇眼界上也更加開闊，就按呢心境上也有一寡調整。就佇這个時期，奠定了未來欲行學術研究佮文學教育的道路。這个階段所閱讀的冊差不多攏是歐美的文學作品佮哲學論著，以及彼陣猶是禁冊的中國30年代的詩佮小說。文學創作無濟，干焦一寡詩、一寡評論、一寡翻譯作品。

提著碩士學位（1987）了後，一九八八年佇做預備軍官的期間，開始到台南家專（現在的台南應用科技大學）教英文。到甲欲30歲，繆斯女神再度來拚門拜訪，就按呢我佇課外時間動筆寫一寡詩、一寡評論。這時的詩作主要猶是以華語做書寫語言。我大約佇一九九〇年開始正式研究台語文，到了一九九五年間，我才慢慢改變我的書寫語言，一九九七年以後大量用台語書寫。一九九八年，我的第一本台語詩集《阮阿母是太空人》得著第六屆南瀛文學新人獎。隔轉冬（1999）《阮阿母是太空人》由台南縣文化中心出版，這時我拄好滿40歲，算是我「不惑」之年的獻禮。

我佇《阮阿母是太空人》的序〈詩佇病床頂兮阿母兮面裡——講二十外冬來兮心路歷程〉裡，我預告我下半生的志業：

> 母語對我來講唔但（m7 na7）是一個符號佮工具，伊有參著血比水閣較厚兮感情，有即塊土地兮歷史記憶，有祖先父母兮影跡，有阿伯、阿姆（a1 m2）、序細、序大結結作一伙兮生命意義。對每一個族群來講，母語是上水（sui2）兮語言；對我來講，台語著是上水兮語言。所以我卜用上水兮語言來寫我兮詩、我兮散文、我兮小說、佮我兮評論。……
>
> 即碼歲頭卜四十也，我卜閣再寫落去，卜寫甲喙鬚落雪、卜寫甲頭毛罩白雲；我卜發一個願，發願我兮下半生卜寫台語文學、研究台語文學、推廣台語文學，若有法度卜辦一本台語文學雜誌、起一間台語文學圖書館，看著台語莩芛、釘根、開花、結果，吾

願足矣。

為著欲予我的發願會當圓滿成就，我以45歲的年紀閣再去成功大學台灣文學系讀博士學位，四冬後提著博士（2004~2008），閣四冬了後提著教授職位。現此時擔任國立台中教育大學台灣語文學系特聘教授兼系主任，以及十二年國民基本教育語文領域（閩南語）課程綱要研修小組召集人、教育部國民小學師資培用聯盟本土教育學習領域教學中心主任、國家語言發展法之研究與規劃主持人、教育部本土教育委員會委員兼人才培育組召集人、教育部本國語言推動委員會委員等職務；也參與國際性的文學組織，擔任世界詩人聯盟（World Union Of Poets）總顧問（義大利）、世界詩人聯盟（World Union Of Poets）國際董事（台灣分會會長）、國際作家首都基金會（Writers' Capital International Foundation）榮譽顧問（印度）、世界各族人民作家協會（World Nation Writers' Union）台灣首席代表等職務。

將近30冬來，我真少有機會歇睏，定定一个人作三、四个人的工課，創作台語文學、拚命推捒台語、研究母語文學、建構母語地位、建立師資培育的機制、草擬國家語言發展法、研擬12年國民教育本土語文（閩南語文）課綱等。我恬恬做、踏實做、勻勻仔做、穩穩仔做，我無興喝口號、行街頭、出風頭，因為彼定定會變成英雄主義的個人秀，成就個人，煞對大局無啥幫贊。

到今我出版有九本台語詩集，其中兩本有外文翻譯版（英文、蒙文），另外閣有一本台、英對照版、一本台、華、英對照版：分別是《阮阿母是太空人》（1999）、《予牽手的情話》（1999，台、華、英對照版）、《白鴒鷥之歌》（2001）、《將台南種佇詩裡》（2002）、《方耀乾台語詩選》（2007）、《方耀乾的文學旅途》（2009）、《烏／白》（2011，台、英對照版）、《台窩灣擺擺 Tayouan Paipai》（2011，另有英文版，台灣）、《我腳踏的所在就是台灣》（2017，另有蒙文版，蒙古國）。對頂面詩集的名稱，各位應當看會出我的創作題材是對我上親近的爸母、某囝、故鄉開始，然後擴充到台灣、世界按呢的順序書寫的。遮的題材我會繼續寫，畢竟這是咱生活的時空。除了這以外，我共我的視野閣擴充到地球以外佮非物質的時空，所以這馬我當咧寫《宇宙俳句》以及一寡探討靈魂、信仰的作品。我的一切來自爸母佮母土，我會行向恁，閣借著恁的力量飛向世界。我的詩也予人翻譯作英文、日文、西班牙文、土耳其文、蒙古文、孟加拉文等發表。

另外閣有出版六本研究台語文學的專書，以及數十篇論文：《台語詩人的台灣書寫研究》（2004）、《台語文學的觀察與省思》（2004）、《台語文學的起源與發展》（2005）、《台語文學史暨書目彙編》（2012）、《對邊緣到多元中心：台語文學 ê 主體建構》（2014）、《台灣母語文學：少數文學史書寫理論》（2017）。

二、我的文學創作觀

文學創作會使是救世之道，會使是靈山修行之旅，會使是一種自我救贖的方式，當然也會使是趣味好耍的把戲，也會使是趁錢的工具佮成名的途徑。毋管目的是按怎，我認為詩人（抑是作家）總是愛誠心誠意面對家己的靈魂，你袂使欺騙你家己。

我的一切來自我失去的台灣母土佮台灣傳統，所以我的文學創作是一種走揣自我的過程，一種自我救贖的方式，也是一種對抗這个世界的方式。

詩是一種藝術品，是一蕊花、一欉樹、一隻動物、一塊礦物，是生命絞滾的故事佮心情。所致，扶挺的詩毋是詩，假仙的詩毋是詩，無病亂哼的詩毋是詩。

總講一句，我的文學創作是一種我家己佮世界對話的方式，一種證明我存在的方式，一種愛的化身佮呈現。

（一）啥是詩人

寫詩的人就是詩人。不過按呢的定義是廢話。

文學創作雖然是虛構的，毋過比歷史較真實。真正的詩人無欲講白賊話，伊只是透過虛構來講老實話。詩人毋是道德家、毋是愛國者、毋是慈善家、毋是上帝，毋過伊有一支尺、一座天平啲測量家己的良心。詩人的道德、愛國、正義毋是霸權式的整體主義（Totalitarianism），詩人的道德、愛國、正義是徛踮弱勢者彼爿的自由主義（Liberalism）。詩人的道德是用來要求家己的，毋是用來要求別人的。

詩人雖然會使用綺麗的詞彙來呵咾媠，毋過詩人更加是講真話的人。詩人講真話是因為伊心內有善，心內有正義。詩人無應該為著呵咾媠，刁故意忽視現實真相的烏魯木齊，甚至講白賊，若按呢伊就毋是真正的詩人。詩人無應該是徛踮石頭彼爿，去呵咾強權者。詩人應該徛踮雞卵彼爿，佮弱勢者同悲、同喜。所致，詩人定定是孤單的，詩人也因此常在佇烏暗、孤寂當中，並且時時刻刻佮烏暗、孤寂戰鬥。

真正的詩人一定毋是偽君子。詩人無應該是一個偽善者，無應該一面共家己塑造成一個神聖的君子，一面閣掩掩揜揜不擇手段追逐名利，甚至講白賊來漂白家己的惡行的人。

詩人無欲講別人的話，干焦講家己的話，因為伊毋是代言人，毋是傳話筒，伊毋是鸚哥。詩人只是伊家己，伊干焦聽伊家己的良心。為名、為利寫作的人毋是真正的詩人。詩毋是工具，詩毋是宣傳品。

詩人毋是藏鏡人，所以詩人袂伫後面中傷別人，也袂使使（sái-sú）人中傷別人。

詩人毋是審判者，所以詩人袂用極權式的道德、愛國、正義的頭箍去箍絚別人的意志。

詩人寫作的時面對的是家己。毋管伊戴的是啥款面具、毋管伊的隱藏讀者是啥人，伊攏是咧向伊家己的靈魂對話。

詩人必然知影伊注定孤獨的命運，伊透過這个命運，去創造理想的世界。雖然徛踮烏暗當中，毋過詩人毋驚烏暗，因為伊是一葩燄火，伊就是光明，伊就是發光體。伊將千古暗暝當做舞台，獨立抵抗烏暗的大軍，毋免戰鼓咚咚，毋免軍旗飄飄，伊一人伫千古暗夜獨舞。因此，詩人就親像流星，堅定莊嚴向前飛，一面燒盡家己，一面照光萬古的夜空。

（二）詩的內容佮形式

無形式的內容是陷眠話；無內容的形式是空心病，攏毋是詩。所以一首詩內底同時存在形式佮內容。好的詩是內容佮形式完美結婚，按呢的詩才是藝術品。

詩的內容包含題材佮主題。任何的題材攏會使寫做詩，換一句話講，萬物、萬事攏會使成做詩的題材。透過遮的萬物、萬事引起的情感、經驗來表現主題思想。抑是先有主題思想，才揣題材來呈現。所以題材無好穤、貴賤的分別，主題嘛無偉大、卑微之分。書寫帝王、國族的詩並無比書寫散鄉人、個人的詩較偉大、較高貴、較開闊。同理，書寫散鄉人、個人的詩並無比書寫帝王、國族的詩較渺小、較卑賤、較睞（kheh）狹。內容只有透過妥當的藝術形式的經營才會當成做一首好詩。

形式是經營一首詩的敘述手路，包含敘述結構、語言風格、修辭、比喻、節奏、韻律、生份化等等的選擇佮綜合經營。形式的經營予內容變成藝術品。

無仝的內容愛選擇無仝的形式，無仝的形式嘛愛選擇無仝的內容。內容會影響形式的選擇，形式會影響內容的呈現。其實，形式佮內容是兩位一體的，也會使講題材、主題、手法是三位一體的。

詩是一種創作，第一擺的書寫叫做創作，第二擺以後叫做模仿，較嚴重的講法叫做抄襲。咱若有法度創造新的內容佮形式，這是值得追求、也是值得恭喜的代誌。

（三）用啥物主義來寫

我是文學的「多妻主義者」佮「多元創作論者」。毋管啥物主義，個攏是敘述的手路。捌愈濟種手路對創作會有愈濟種可能性。創作新的內容佮形式是詩人的任務。

我認為任何人欲運用啥物手路攏愛受尊重。因為任何一種手路攏有伊的優勢佮弱勢。同時，每一个人的寫作有伊慣用佮獨特的手法，加上本身的喜愛佮選擇，所以寫作者愛尊重各人的創作風格，欣賞多元的藝術面貌，時時保持謙虛的態度，對別人的創作當中汲取優點，體會其中的手法佮主張。每一个派別攏有伊的代表性作家佮作品，咱愛儘量閱讀、儘量學習，按呢咱才有法度增加咱的視野，同時也學著新的創作手路。

我認為直接看好的／偉大的作品學習創作技巧是上好的方式。因為創作毋是按照教科書訓練出來的，也毋是老師一步一步教出來的，當然嘛毋是按照某一種理論的藍圖「做」出來的。毋過經過創作一段時間了後，家己若感覺有需要了解某一種創作理論，才來學習某種理論／主義，這是非常之好的。

創作有各種的流派，無可能每一个詩人創作的時攏用會著，毋過捌愈濟創作理論對創作者來講總是有幫贊。先選一、兩種佮家己個人的屬性較接近抑是較合意的手路，來經營創作，咱慢慢就會行出家己的路出來。

（四）為啥物我用母語創作

為啥物我欲用我的母語寫詩？用我的母語——台語——寫詩是因為我欲共我失落去的靈魂揣轉來。我的每一首詩對我來講攏是一首招魂曲。我相信一個失去母語書寫佮溝通能力的人終其尾會失去靈魂的一部分。所以透過母語的書寫，我走揣我的靈魂，接續我所來自的文化，創發我所欲前往的世界，伊是我晉見祖靈佮遊賞心靈世界的護照：母語是我靈魂的祖厝。其實這攏是非常「自我的」的代誌，並毋是啥物偉大的代誌。因為世界上大多數的人是用母語咧溝通佮書寫的。我是透過書寫回溯我的過去、觀察我的當下、迎向我的未來，是為著欲走揣我家己心靈的座標，是為著欲完成自我的救贖佮關心這個世界的方式。雖然我的作品主要有觀照本土的歷史、族群、社會、生態，以及愛情、親情等等。其實咱若真實面對自我，書寫自我，自然咱就會關心咱的環境生態、世界的事務、人我的身苦病痛、歷史的輝煌佮傷痕、族群、性別議題。這是應然必然的代誌，毋免膨風講詩人是心靈的工程師、詩人是世界的代言人。我干焦是我家己的代言人，講我家己的話而已。

第二的原因是我的母語強欲消失去。閩南語佇世界上號稱有六千萬人的母語人口（其中台語人口有一千七百萬），毋過其中無夠1％的人會曉讀佮寫，也就是講99％以上的閩南語族（包含台語族）的人口是母語文盲。台語族的作家若無願意用家己的母語寫作，終其尾咱會成做家己的「母語的送行者」。其實，我的華語（漢語）比台語閣較好，毋過我願意用台語創作。

三、話尾：提醒家己

做一個詩人，我隨時提醒家己：

1. 認真生活、認真思考。
2. 隨時開放家己對人生、時代、人民、環境的觀察。
3. 老實面對家己的弱點，諒解別人的無奈佮軟弱。
4. 謙卑面對弱勢者，驕傲面對強權者。

5. 對語言好玄，並且大量閱讀世界各國的古典、民間、現代文學。

6. 除了文學以外，盡量學習各種其他領域的智識，尤其是哲學、心理學、社會學、歷史學、政治學等。

7. 莫有成名、趁大錢的觀念。落去寫，定定寫，盡量寫，堅持寫。寫作的過程就是上大的賞賜。

8. 莫想欲做頭，嘛莫想講別人共汝尊存無夠。愛做謙卑的大尾，莫做傲慢的細尾。

9. 認真搜揣、試驗新的創作內容佮形式。

10. 提攜後進，予人機會。

11. 用笑容面對誤會佮中傷。

12. 做家己。

最後我閣再講一遍，我的一切來自爸母佮母土，我會行向恁，閣借著恁的力量飛向世界。

——二〇一七年九月十九日台南永康

（代自序，〈一切來自爸母佮母土：我的文學著作佮創作觀〉

原刊載《臺江臺語文學》24，二〇一七年十一月，頁10-24）

目次

輯二　我是虹

輯一　詩人

詩人（台語）

我知影我的運命
我是一粒自光體
而且必然是一粒自光體
將千古暗暝當做舞台
免戰鼓咚咚
免軍旗飄飄
一人獨舞

我感謝孤單
我感謝烏暗
我無欲祈求光明
因為我本身就是光明

我知影我的方向
我知影我的目標
我堅定莊嚴向前飛
一面燒盡家己
一面照光萬古的夜空

——二〇一二年十一月八日，台南永康

詩人（華語）

我知道我的命運
我是一顆自光體
而且必然是一顆自光體
將千古長夜當做舞台
無需戰鼓咚咚
無需軍旗飄飄
一人獨舞

我感謝孤單
我感謝黑暗
我無需祈求光明
因為我本身就是光明

我知道我的方向
我知道我的目標
我堅定莊嚴向前飛
一面燒盡自己
一面照亮萬古的夜空

——二〇一二年十一月八日，台南永康

律師詩人——悼念莊柏林（台語）

日時汝用正義之劍
斬破虛偽的政治
暝時汝用溫柔之盾
守護母語的田園

如今汝忝矣
只睶消瘦落肉的身影
只睶CD裡的歌聲詩詞
向阮告別

火金蛄啊
汝揹的心燈

佗位去
火鳳凰啊
汝溫柔的歌聲
佗位去

無汝的永夜
我欲按怎點著星光
無汝的聲帶
我欲按怎大聲放歌
我只有恬恬看向
遠遠閃爍的天星

——二〇一五年十一月一日，日，台南市鳳凰山莊

律師詩人——悼念莊柏林（華語）

白天你用正義之劍
斬破虛偽的政治
晚上你用溫柔之盾
守護母語的田園

如今你累了
只剩消瘦的身影
只剩CD裡的歌聲詞曲
向我們告別

螢火蟲啊
你提的心燈

哪裡去了
火鳳凰啊
你溫柔的歌聲
哪裡去了

沒你的永夜
我要如何點亮星光
沒你的聲帶
我要如何大聲放歌
我只有靜靜地望向
遠遠閃爍的星星

——二〇一五年十一月一日，日，台南市鳳凰山莊

湯德章公園憑弔（台語）

我來到這个小小的公園
汝烏烏騰騰的半人雕像
就像彼工汝騰騰的身軀
汝溫柔堅定的笑容
是無欲屈服的意志

當銃子貫過
汝飽滇的前額
堅定的面容碎去
是櫻花的玉山雪
溫柔的笑容堅凍
是鋼鐵的大壩尖

猶原遮爾溫柔
猶原遮爾堅定

予血遮牢的目睭
毋願瞌目　汝
向心愛的台灣
做最後的巡禮　我
知汝心內無恨
汝只有憐憫

汝溫柔的笑容猶咧笑看暴政者
汝堅定的血猶咧固守受傷的土地

——二〇一四年三月十三日，台南永康

湯德章公園憑弔（華語）

我來到這個小小的公園
你黑黑挺挺的半人雕像
就像那天你挺挺的身軀
你溫柔堅定的笑容
是不願屈服的意志

當子彈穿過
你飽滿的前額
堅定的面容破碎
是櫻花的玉山雪
溫柔的笑容結凍
是鋼鐵的大壩尖

仍然那麼溫柔
仍然那麼堅定

被血遮蔽的眼睛
不願闔目　你
向心愛的台灣
做最後的巡禮　我
知你心裡無恨
你只是憐憫

你溫柔的笑容猶是笑看暴政者
你堅定的血猶固守受傷的土地

——二〇一四年三月十三日，台南永康

甘願為台灣戰死——悼念鄭正煜社長（台語）

當魔鬼偷偷用我的肉體做糧食
我知我會像冷風吹過的花焦蔫去
毋過我堅決選擇徛騰騰
像一座鐵拍的碉堡

這是一場永遠拍袂停的奮戰
我的同胞，咱著愛知覺
咱的精神無佇厝裡
咱是風中的稻草人

我的同胞，咱著愛理解
咱的母語存在

咱的靈魂才會存在
母語是咱靈魂的徛居地

咱無權利怨嘆魔鬼武藝高強
咱無藉口怨嘆時機佇魔鬼遐
咱愛問咱為故鄉做偌濟
咱愛問咱為島嶼做偌濟

當虎豹搶奪咱祖先的遺產
我決定欲像戰士
甘願為台灣
戰到死

——二〇一四年十二月十日，台南永康

【附記】前南社社長、教育台灣化聯盟社長鄭正煜（1946~2014）佇二〇一四年十二月十日國際人權日暗時六點四十分，因為肝癌、肺癌佮骨癌纏身來過身，歲壽六十八歲。一世人思思念念致意台灣母語教育佮教育本土化。鄭正煜是佛教徒，伊希望死的時猶有氣力面帶微笑，伊講人的性命就像風吹過、花飄落，希望用樹葬。伊共囝兒講：「父親死的時候不要悲傷，是自然現象。」伊這世人上大的幸運是認捌真濟值得尊敬佮感恩的朋友，自覺是幸運的人，性命無缺憾。

寧為台灣戰死──悼念鄭正煜社長（華語）

當魔鬼偷偷把我的肉體當做食物
我知曉我會像被寒風摧殘過的花朵般枯萎
不過我仍堅決選擇立挺挺
像一座鐵造的碉堡

這是一場永不停歇的奮戰
我的同胞，我們應警覺
我們的精神不在家
我們是風中的稻草人

我的同胞，我們應理解
我們的母語存在

我們的靈魂才會存在
母語才是我們靈魂的寄居地

我們沒有權利抱怨魔鬼武藝高強
我們沒有藉口抱怨機會站在魔鬼那邊
我們該問我們能為故鄉做什麼
我們該問我們能為島嶼做什麼

當豺狼虎豹搶奪祖先的遺產
我決定像戰士
甘願為台灣
戰到死

——二〇一四年十二月十日，台南永康

【附記】前南社社長、教育台灣化聯盟社長鄭正煜（1946~2014）於二〇一四年十二月十日國際人權日晚上六點四十分，因為肝癌、肺癌和骨癌纏身去世，享壽六十八歲。一輩子思思念念致力於台灣母語教育和教育本土化。鄭正煜是佛教徒，他希望死時還有力氣面帶微笑，他說人的生命就像風吹過、花飄落，希望用樹葬。他對他的兒子說：「父親死的時候不要悲傷，是自然現象。」他說他這輩子最大的幸運是認識了很多值得尊敬和知恩的朋友，自覺是幸運的人，生命中已無缺憾。

我欲按怎讀汝，淡水（台語）

汝美麗的姿態綴青翠的山勢轉踅
我坐佇捷運
一路對台北經過圓山仔
閣經過我蹛過的石牌仔
往北投、干豆，到淡水
一首數萬冬前的歌詩
就按呢展示佇我的目睭前

彼工水悠悠
風嘛微微
近近淡水河的漁船
孤單徛一隻白翎鷥

遠遠觀音山的山頂
戴一頂白綿綿的帽仔
青山綠水陪伴我讀汝
我沿路想
我欲按怎落標題
「看淡水的13種方式」
抑是「讀淡水的99種方式」
啊這傷過臭酸步

我無聽著教堂的鐘聲
也無看見滬尾社煮暗頓的火薰
我徛佇淡水河邊
只有看見挨挨陣陣的人群
只有鼻著喙食物的臭臊味
只有聽見大聲叫賣的噪音

我佇淡水捷運站讀
徛佇壁頂的歌詩
細細的字　無聲無說
咧等待遊客
讀伊　看伊

我舉頭看向遠遠的淡水河
只有秋風舞弄白頭的菅芒

——二〇一八年十月十四日，台南永康

我要如何讀妳，淡水（華語）

妳美麗的姿態隨著青翠的山勢起伏
我坐著捷運
一路從台北經過圓山
再經過我曾住過的石牌
往北投、關渡，到淡水
一首數萬年前的詩歌
就如此展示在我的眼前

那天水悠悠
風微微
近處淡水河的漁船
孤單的站著一隻白鷺鷥

遠處觀音山的山頂
戴著一頂白綿綿的帽子
青山綠水陪伴著我讀妳
我沿路想
我要如何下標題
「看淡水的13種方式」
抑是「讀淡水的99種方式」
啊這太老派了

我沒聽見教堂的鐘聲
也沒看見滬尾社煮晚餐的炊煙
我佇立淡水河邊
只有看見擁擠的人群
只有聞到食物的腥味
只有聽見大聲叫賣的噪音

我佇立淡水捷運站讀著
站在牆壁的詩
細細的字　無聲無息
在等待遊客
讀它　看它

我舉頭看向遠遠的淡水河
只有秋風舞弄白頭的菅芒

——二〇一八年十月十四日，台南永康

淡水福爾摩莎國際詩歌節（台語）

我總會想起彼年
忠寮的桂花芳
若像詩人的詩芳
詩人的跤步輕輕
輕輕踏佇青草埔
桂花的芳味輕輕
輕輕飄佇空氣中
詩歌的吟唱聲
也飄落青草埔
也飄上空氣中
我總會想起彼年的詩歌節

——二〇二一年十月十七日，日，台南永康

淡水福爾摩莎國際詩歌節（華語）

我總會想起那年
忠寮的桂花香
有如詩人的詩香
詩人的步伐輕輕
輕輕踩在青草地
桂花的香氣輕輕
輕輕飄在空氣中
詩歌的吟唱聲
亦飄落青草地
亦飄上大氣中
我總會想起那年的詩歌節

——二〇二一年十月十七日，日，台南永康

詩人舂麻糬（台語）

彩色的魚佇水中樂游
青翠的蔬菜隨風含笑
魚菜佇忠寮共舞共生
全社區的做穡人出動
表演〈素蘭欲出嫁〉
弄甲世界各國的詩人
哈哈大笑

今仔日詩人的手無擛筆
怹擊手䘼舂麻糬

今仔日的麻糬是歌詩
歌詩芳閣甜

——二〇二一年十月二十三日，台南永康

詩人搗麻糬（華語）

彩色的魚在水中優游
青翠的蔬菜隨風招展
魚菜在忠寮共舞共生
全社區的農夫出動
表演〈素蘭要出嫁〉
逗得世界各國詩人們
哈哈大笑

今天詩人的手不拿筆
他們挽起袖子搗麻糬

今天的痲糬是詩歌
詩歌又香又甜

——二〇二一年十月二十三日，台南永康

詩人佇忠寮口湖子橋原生植物園（台語）

溪水彎彎斡斡流過
魚隻隨波浪覓食
桂花綴風飄香
彩蝶花間採蜜
福爾摩莎國際詩歌節的詩人
輕輕踏過紅橋
彼是天堂的彩虹橋啊
作穡人佇大地寫詩
一欉一欉的性命綻放
詩人用喙舌吟詩
一首一首的深情流洩

——二〇二一年十月二十三日，台南永康

詩人在忠寮口湖子橋原生植物園（華語）

流水蜿蜒而過
小魚逐波覓食
桂花隨風飄香
彩蝶逐花採蜜
福爾摩莎國際詩歌節的詩人們
輕輕踏過紅橋
那是天堂的彩虹橋啊
農夫在大地寫詩
一株一株的生命綻放
詩人用嘴巴吟詩
一首一首的深情流洩

——二〇二一年十月二十三日，台南永康

詩的跤步聲（台語）

幼雨輕輕
飄上我的頭毛絲
我看向天邊
淡水的天矇矇
雨濛濛
這時敢適合吟詩
我行佇路裡
聲音追隨我的跤步
每一个跤步攏是我的吟唱聲

——二〇二一年十月十七日，台南永康

詩的跫音（華語）

細雨輕輕
飄上我的髮絲
我望向天際
淡水的天矇矇
雨濛濛
此時是否適合吟詩
我走在路上
跫音追隨著我的步伐
每一個步伐都是我的吟唱

——二〇二一年十月十七日，台南永康

我的詩，佇淡水捷運站（台語）

我咧等汝趕緊緊的步伐
停跤
我咧等汝無安分的眼神
看我
我咧等汝焦燥的喙唇
讀我

彼日，總算
汝停跤
汝看我
汝讀我
我想汝對我的詩裡

一定有看著觀音山懸懸像過去
一定有聽著福佑宮的鐘聲響起
一定有鼻著母親煮食的飯菜芳
也一定會想著淡水河美麗的水泱

——二〇二二年十月二十五日，台南永康

我的詩，在淡水捷運站（華語）

我等你匆匆的步伐
駐足
我等你不安分的眼神
看我
我等你乾渴的嘴唇
讀我

那天，終於
你駐足
你看我
你讀我
我想你從詩裡

一定會看到觀音山聳立如昔
一定會聽到福佑宮的鐘聲響起
一定會聞到母親烹煮的飯菜香
也一定會想起淡水河美麗的漣漪

——二〇二二年十月二十五日，台南永康

陶葉詩，佇忠寮（台語）

風翻開一頁一頁的
陶葉
樹蔭真用功咧讀
詩句
流水以時急時慢的節奏
咧伴奏
我慢步行佇忠寮詩路
風咧唚我
樹蔭也咧讀我
流水也咧伴奏
我也是一首詩

——二〇二二年十月二十四日，台南永康

陶葉詩，在忠寮（華語）

風翻開一頁一頁的
陶葉
樹蔭很用功的閱讀著
詩句
流水以忽急忽緩的節奏
伴奏著
我緩步走在忠寮詩路
風親吻著我
樹蔭也讀著我
流水也伴奏著
我也是一首詩

——二〇二二年十月二十四日，台南永康

行佇滬尾藝文步道（台語）

干焦一步
就行入古老的小路
佇青青的蔭裡
我慢慢閱讀徛佇兩爿的
每一片樹葉的紋路
以及
每一首詩歌的文字
親像自自然然
大聲吟唱起來
後來又閣興奮袂煞
燒起來

恁共我講淡水的傳奇
每一个詩碑就是一个
有血有肉的路觀碑
燒燒的身體
咧講燒燒的性命

淡水無白汫
每一个故事攏有鹹味

——二〇二二年十月二日，台南永康

走在滬尾藝文步道（華語）

就只一步
就走入古老的步道
在綠綠的濃蔭中
我慢慢咀嚼佇立兩旁的
每一片樹葉的紋路
以及
每一首詩歌的文字
似乎就自自然然的
大聲的吟唱了起來
然後又興奮不已的
燒了起來

它們向我訴說著淡水的傳奇
每一個立牌就是一個
有血有肉的路觀碑
熱熱的身體
訴說著熱熱的生命

淡水不平淡
每個故事都有鹹味

——二〇二二年十月二日，台南永康

淡水的彩霞（台語）

我沿河岸慢慢仔行
風佇我的耳空邊吟唱
數千年來浪淘沙
如今淡水的水泱猶原咧湠啊湠

凱達格蘭族的艋舺
捌佇淡水河口送走黃昏的彩霞
捌佇淡水河邊迎接異國的船隻
如今淡水港的風華佗位去？

黃昏我來到河口
落日對雲間探頭

將翡翠的河水
鍍黃金
抹胭脂

我欲吟唱一首詩歌
呵咾文化的淡水
呵咾詩歌的淡水
呵咾秀麗的淡水

突然間雲霧完全消散
萬丈彩霞罩佇規个淡水河口

——二〇二一年十月二十七日，台中教育大學求真樓914

淡水的彩霞（華語）

我沿著河岸徐行
風在我耳際吟唱
數千年來浪淘沙
如今淡水漣漪依然蕩漾

凱達格蘭族的艋舺
曾在淡水河口送走黃昏的彩霞
曾在淡水河邊迎接異國的船隻
如今淡水港的風華哪裡去？

黃昏我來到河口
落日從雲間探頭

將翡翠色的河水
鍍上黃金
抹上胭脂

我欲吟唱一首詩歌
歌頌文化的淡水
歌頌詩歌的淡水
歌頌秀麗的淡水

突然雲霧完全消散
萬丈彩霞籠罩整個淡水河口

——二〇二一年十月二十七日，台中教育大學求真樓914

觀音山（台語）

江水時時逐波浪
碧天日日雲流浪
我攏佇觀音山
觀世間的生死
聽人間的老病

哦，我已經佇遮觀看
數百萬年囉
哦，我已經佇遮聽聲
數百萬年囉
毋過為何
萬物猶原成住壞空

我猶是髲佇觀音山
觀世間的生死
聽人間的老病

——二〇二二年九月二十一日，台南永康

觀音山（華語）

江水時時逐波浪
碧天日日雲流浪
我臥在觀音山
觀世間的生死
聽人間的老病

哦，我已經在此觀看
數百萬年了
哦，我已經在此聽聞
數百萬年了
不過為何
萬物兀自成住壞空

我兀自臥在觀音山
觀世間的生死
聽人間的老病

——二〇二二年九月二十一日，台南永康

遠遠看坦笑的觀音
——二〇二二年九月十六日佇將捷金鬱金香酒店715號房（台語）

碧水佇空中咧飛
濺出堅凍的水珠
綠色的、紫色的
殕色的、金色的

青草佇雲頂跳舞
追問微風佮日光
微風干焦輕輕挲過
日光干焦懶屍倒咧

我麗佇陽台

遠遠看坦笑的翡翠觀音

路燈拍開五彩的目睭咧看我
淡水河對岸的徛家也咧看我
暗烏的夜為啥物遮爾仔艷麗
靜靜的夜為啥物遮爾仔鬧熱

青草佇雲頂跳舞
追問微風佮天星
微風只輕輕挲過
天星只懶屍倒咧

我覷佇陽台
遠遠看坦笑的烏金觀音

——二〇二二年十月四日，半暝，台中教育大學國際會館

眺望仰躺的觀音
——二〇二二年九月十六日在將捷金鬱金香酒店715號房（華語）

碧水在空中飛奔
噴濺出結凍的水滴
綠色的、紫色的
灰色的、金色的

青草在雲端飛舞
追問微風與陽光
微風只輕輕撫著
陽光只懶懶躺著

我躺在陽台

眺望著仰躺的碧綠觀音

街燈張開五彩的眼眸望著我
淡水河對岸的住家也望著我
暗黑的夜為什麼這麼的艷麗
靜靜的夜為什麼這麼的熱鬧

青草在雲端飛舞
追問微風與星星
微風只輕輕撫著
星星只懶懶躺著

我躺在陽台
眺望著仰躺的亮黑觀音

——二〇二二年十月四日，凌晨，台中教育大學國際會館

輯二　我是虹

我是虹（台語）

我是虹
我是彩色的
紅、橙、黃、綠、藍、靛、紫
攏是我
心是七彩少年
身是七彩中年
靈是七彩老人
其實我是三原色
五花十色
千變萬化
我的詩是色彩

我欲用我的詩
彩繪這个世界

——二〇一五年七月二十七日，求真樓914

我是彩虹（華語）

我是彩虹
我是彩色的
紅、橙、黃、綠、藍、靛、紫
都是我
心是七彩少年
身是七彩中年
靈是七彩老人
其實我是三原色
五花十色
千變萬化
我的詩是色彩

我要用我的詩
彩繪這個世界

——二〇一五年七月二十七日，求真樓914

虹（台語）

造虹，佇冷雨裡
用我的血
摻某的目屎
佮囝的哭聲

冷雨淋著我燒燙燙的心
我被鎖踮大霸尖山
鵜鶘猶咧啄我的肝
比寂寞閣較寂寞
比孤單閣較孤單

我坐踮烏暗思考
光明的意義
每一塊被啄掉的肝
化做一葩一葩的火種

我需要一个夢
起造我的堅持
我用火鍛鍊三原色
佇冷雨裡
起造一座七彩橋

——二〇一二年十二月二日，台南永康

彩虹（華語）

造虹，在冷雨中
用我的鮮血
摻著妻子的眼淚
和子女的哭聲

冷雨淋著我熱燙燙的心
我被鎖在大霸尖山
老鷹猶在啄我的肝
比寂寞更寂寞
比孤單更孤單

我坐在黑暗中思考
光明的意義
每一塊被啄掉的肝
化做一株一株的火種

我需要一個夢
起造我的堅持
我用火鍛鍊三原色
在冷雨中
起造一座七彩橋

——二〇一二年十二月二日，台南永康

雨當時欲停（台語）

下暗的路燈是澹的
照袂清頭前的路草
我的記持嘛是澹的
煞記甲清清清
記持一路澹到
細漢的時
閣一路澹到
二二八
閣一路澹到
莫那魯道的山刀
閣一路澹到
朱一貴碎糊糊的身軀

閣一路澹到
鄭成功的戰艦
閣一路澹到
台窩灣的內海
規個台灣是澹的
我的目箍嘛是澹的

——二〇一五年八月二十九日，台南永康

雨何時停（華語）

今晚的路燈是潮濕的
照不清楚前面的路途
我的記憶也是潮濕的
但我卻記得一清二楚
記憶一路濕到
小時候
再一路濕到
二二八
再一路濕到
莫那魯道的山刀
再一路濕到
朱一貴血糊糊的身軀

再一路濕到
鄭成功的戰艦
再一路濕到
台窩灣的內海
整個台灣都是潮濕的
我的眼睛也是潮濕的

——二〇一五年八月二十九日，台南永康

彼年阮佇香港維多利亞公園（台語）

雨咧落
氣溫30°C
我的心煞冷吱吱
自祖國來的寒流
比極地閣較冷

這工阮擇起雨傘
互相用心映燒
手牽手
擇起自由民主的聖火
照光專制極權的烏暗

阮知影豺狼虎豹
當咧候時機
阮聚集佇維多利亞公園
以流水式的和平集會
展示人民的力量

雨猶咧落
寒流猶原猛
阮的心貼心
818會是阮的榮譽
818會是恁的恥辱

——二〇一九年八月十八日，台南

那年我們在香港維多利亞公園（華語）

雨下著
氣溫30°C
我的心卻冷顫顫的
來自祖國的寒流
比極地還冷

這天我們撐起雨傘
彼此用心取暖
手牽手
擎起自由民主的聖火
照亮專制極權的黑暗

我們知道豺狼虎豹
正在伺機
我們聚集維多利亞公園
以流水式的和平集會
展示人民的力量

雨仍下著
寒流仍猛烈
我們的心貼著心
818 將是我們的勛章
而 818 將是你們的恥辱

——二〇一九年八月十八日，台南

秋收（台語）

天貓霧仔光
汝佮我相招鬥陣
來去頭前仔彼坵田
一路無話嘛無句
咱知長長暗暗的小路
會愈行　天愈光

按春天播秧仔彼日開始
汝殿力咧拖耙鬆土
我駛孤帆咧倒退攄
將咱的向望
種落水田裡

日時掖肥欲將咱的稻仔飼大漢
暝時巡水路驚咱的稻仔會喙焦
汝我攏有台灣牛的精神
為著一家伙仔
毋驚霜凍　毋驚日曝

汝哞一聲
講今年一定會好收成
我越頭按汝的目睭
讀出大地的堅定
看著祖先的向望
燒烙的日頭嘛歡喜甲用汗為阮洗面
清涼的南風嘛溫柔搧動青色的稻欉

八月的稻穗是一粒一粒的黃金

一路鋪到近近的莊頭
遠遠的山脈
鍍著日頭
鍍著汝佮我

今仔日是收成的日子
一載滿滿是
Mah-tsih 的好兄弟
感謝汝按春耕陪我到秋收
咱踏著黃金的小路
重重的收成愈拖愈輕鬆
轉去的小路一片光燦燦

——二〇〇五年四月五日，台南永康

秋收（華語）

天剛露魚肚白
你和我相邀一起
去村前那塊田地
一路我們靜默無語
我們知道長長暗暗的小路
會愈走　天愈亮

自春天播秧苗那日開始
你出力犁耙鬆土
我倒退著插秧
將我們的希望
種入水田裡

白天施肥將我們的稻苗養大
夜裡巡水路免得它們會口渴
你我都有台灣牛的精神
為著一家子
不怕霜凍　不怕日曬

你哞一聲
說今年一定會有好收成
我回頭望見你的眼眸
讀出大地的堅定
看到祖先的期望
溫暖的太陽很高興用汗水為我們洗臉
清涼的南風很溫柔的舞動綠色的稻欉

八月的稻穗是一粒一粒的黃金
一路鋪到近近的村莊
遠遠的山脈
鍍著陽光
鍍上你和我

今天是收成的日子
一載滿滿的
Mah-tsih 的好兄弟
感謝你自春耕陪我到秋收
我們一起踏著黃金的小路
重重的收成愈拖愈輕鬆
回去的小路一片光燦燦

——二〇〇五年四月五日，台南永康

飛彈揣著我的庄頭（台語）

一粒銃子揣著我的阿公
自彼陣開始
阮阿媽逐工用目屎洗面
一粒炸彈揣著我的阿爸
自彼陣開始
阮阿母逐工用目屎洗面
一粒飛彈揣著我的庄頭
彼粒飛彈將我的淚腺關起來

千年來正義袂記開門
千年來日頭袂記微笑
為著我的囝孫

我詛咒
我欲拍開正義之門
予日頭照光我的祖國

——二〇一八年二月二十八日，台南永康

飛彈找到我的村莊（華語）

一顆子彈找到我的祖父
自此開始
我的祖母每天以淚洗面
一顆炸彈找到我的父親
自此開始
我的母親每天以淚洗面
一粒飛彈找到我的村莊
那顆飛彈將我的淚腺關了起來

千年來正義忘記開門
千年來太陽忘記微笑
為了我的子孫

我發誓
我要打開正義之門
讓太陽照亮我的祖國

——二〇一八年二月二十八日，台南永康

每一个靈魂攏是一个馬戲團（台語）

俏俏的西裝佮領帶
掩蓋著白死殺的靈魂
辦公室是一个監牢
監禁一堆頭腦腫大
跤手萎縮
喙若面桶的人
怹用言語寫歷史
怹用階級鬥爭
怹用魚翅、魚子醬妝 thānn 靈魂

阮無時行用空心鍛鍊意志
阮無時行將嘴舌當做行動
實際行動才是阮的憲法
Khóng、khóng、khóng、khóng
是一首鋼鐵交響樂
合奏阮的意志
Tshī...tshī...tshī...tshī...
是艷日罩雺的溫泉鄉
血汗是阮洗身軀的溫泉
阮的人魚線毋是用來㧎辣妹
阮的胸坎毋是用來展英雄

阮的每一雙油漉漉的手橐仔
阮的每一雙破糊糊的手蹄仔
攏咧講一个靈魂的故事

鬧熱，充滿性命力
親像馬戲團

——二〇一三年三月三十一日，台南鳳凰山莊

每一個靈魂都是一個馬戲團（華語）

光鮮的西裝和領帶
掩蓋著死白的靈魂
辦公室是一座監獄
監禁著一堆頭腦腫大
手腳萎縮
嘴若水桶的人
他們用言語寫歷史
他們用階級鬥爭
他們用魚翅、魚子醬裝扮靈魂

我們不流行用空心鍛鍊意志
我們不流行將舌頭當做行動

實際行動才是我們的憲法
Khóng、khóng、khóng、khóng
是一首鋼鐵交響樂
合奏我們的意志

Tshī...tshī...tshī...
是艷日下籠罩蒸氣的溫泉鄉
血汗是我們沐浴身體的溫泉
我們的人魚線不是用來勾引辣妹的
我們的胸坎不是用來逞英雄的

我們的每一雙油烏烏的手套
我們的每一雙血糊糊的手掌
都在講一個靈魂的故事

熱鬧，充滿生命力
就像馬戲團

——二〇一三年三月三十一日，台南鳳凰山莊

鵝鑾鼻燈籠草（台語）

對無始到
有始
對渾沌到
創世
我看守這片水晶海洋
佮這片翡翠樹林

當日光炤佇我的頭額
我坐佇岩礁
用金黃色的笑容
指揮規个天地

當月光掖佇我的身驅
我徛佇山腰
用青綠色的肉身
扛起眾天星

四百年來
中國、荷蘭、西班牙的戰艦
割過藍色的巴士海峽
日本、美國的砲彈
彈破台灣的胸坎
我是目擊者

戰爭佮和平
佇遮演出
我堅持用金黃色的燈籠

炤光鵝鑾鼻的存在

——二〇一七年十月十八日，台南永康

鵝鑾鼻燈籠草（華語）

從無始到
有始
從渾沌到
創世
我看守這片水晶海洋
和這片翡翠森林

當日光照耀在我的額頭
我坐在岩礁
用金黃色的笑容
指揮整個天地

當月光灑在我的身體
我站在山腰
用青綠色的肉身
扛起眾天星

四百年來
中國、荷蘭、西班牙的戰艦
割過藍色的巴士海峽
日本、美國的砲彈
彈破台灣的胸膛
我是目擊者

戰爭與和平
在這裡上演
我堅持用金黃色的燈籠

照亮鵝鑾鼻的存在

——二〇一七年十月十八日，台南永康

鹽（台語）

汝是一種美麗的晶體
也是一个愛變面的魔術師
有當時仔是白色的固體
有當時仔是透明的流體
有時伫滷肉裡
有時伫漢堡裡
有時伫熱狗裡
有時伫披薩裡

對每一粒的鹽
我聽見規个大海的密語
對每一粒的鹽

我啖著規个世間的滋味
對每一粒的鹽
我看見代代祖先的身影

一點點仔的汝
予世間幸福
一點點仔的汝
是性命的根源

——二〇一六年二月二十二日，台中教育大學求真樓914

鹽（華語）

你是一種美麗的晶體
也是一個愛變臉的魔術師
有時是白色的固體
有時是透明的流體
有時在滷肉裡
有時在漢堡裡
有時在熱狗裡
有時在披薩裡

從每一粒鹽
我聽見整個大海的密語
從每一粒鹽

我嘗到整個世間的滋味
從每一粒鹽
我看見代代祖先的身影

一點點的你
給予世間幸福
一點點的你
是生命的根源

——二〇一六年二月二十二日，台中教育大學求真樓914

葫蘆墩的拍殕仔光（台語）

想欲掀開
汝青春的面紗
數念汝重巡大大蕊
閣會使目箭的目睭
思慕汝烏默默的長頭鬃
佇風中飛舞
沉醉佇妳溫柔迷人的
歌聲裡
汝是我夢中的記持

喔，數百冬來
咱巴宰走對佗位去
咱當時泅水的彼條溪流
咱當時牽手行過的小路
攏予歷史的雲尪掩崁去
咱岸裡社的春天佇佗位
咱高長大漢的兄弟
咱一望無際的樹林
攏予歷史的鐮刀剉掉去

我欲共汝的面紗褫開
在（tshāi）一座永遠的記持
予咱泅水的溪流
現出美麗的腰身
予咱行過的小路

永遠連接過去佮現在

——二〇一六年九月二十七日，梅姬風颱之夜
台中教育大學

葫蘆墩的魚肚白（華語）

想掀開
妳青春的面紗
思念妳那雙眼皮
又會眉目傳情的大眼睛
思慕妳烏溜溜的長髮
在風中飛舞
沉醉在妳溫柔又迷人的
歌聲裡
妳是我夢中的回憶

哦，數百年來
我們巴宰族哪裡去了
當時我們游泳的那條溪流
當時我們牽手走過的小路
都被歷史的雲霧掩蓋了
我們岸裡社的春天哪裡去了
我們高頭大馬的兄弟
我們一望無際的樹林
都被歷史的鐮刀砍去

我要將妳的面紗掀開
立一座永遠的回憶
讓我們游泳的溪流
展現出美麗的腰身
讓我們走過的小路

永遠連接過去與現在

——二〇一六年九月二十七日，梅姬颱風之夜
台中教育大學

等待一點點仔的星光
——予地動後被揞佇廢墟內的人（台語）

時間的面容罩陰影
我的心靜靜祈求光明
世上上遙遠的距離
已經毋是宇宙的盡頭
竟然是揞佇我身軀頂的碎水泥角
我明知汝來來回回
用探測器
用搜救犬
搜揣我
呼叫我
我煞無法度用上微弱的聲說

回應汝的著急
恁講72小時
是黃金時刻
我煞看著黃金漸漸
漸漸失去色緻
後一刻黃金敢猶閣會閃爍
我猶咧等待
彼一點點仔的星光

——二〇一六年二月九日，台南永康

【註】二〇一六年二月六日透早三點五十七分發生高雄美濃地震，致使台南市永康區維冠金龍大樓倒落事故。死亡人數達到115人，是台灣史上因為單一建築物倒落造成傷亡上嚴重的災難事件。

等待一點星芒

——給地震後被壓在廢墟中的人（華語）

時間的臉孔覆蓋著陰影
我的心靜靜祈求著光明
世上最遙遠的距離
再也不是宇宙的盡頭
竟然是壓在我身上的破碎水泥塊
我明知你來來回回
以探測器
以搜救犬
尋找我
呼喚我
而我卻無法以最微弱的聲息

回應你的焦急
他們說72小時
叫做黃金時刻
我卻看著黃金漸漸
漸漸失去顏色
下一刻黃金還會再閃爍嗎
我還在等待
那一點星芒

——二〇一六年二月九日，台南永康

【註】二〇一六年二月六日凌晨三時五十七分發生高雄美濃地震，致使台南市永康區維冠金龍大樓倒塌事故。死亡人數達115人，是台灣史上因單一建築物倒塌而造成傷亡最慘重的災難事件。

偉人製造術（台語）

聽講
伊出世的時
百鳥飛踅滿天彩霞

聽講
伊的母親有身
是來自上帝的聖靈

聽講
伊的母親生伊的時
有青龍對天而降

聽講
伊出世的時
正手指天，倒手指地
「天上天下，唯我獨尊」

事實上
所有的人出世的時
攏嘛是嘛嘛吼

——二〇一五年十月二十二日，台中教育大學求真樓914

偉人製造術（華語）

聽說
他出生的時候
百鳥飛旋滿天彩霞

聽說
他的母親懷孕
是來自上帝的聖靈

聽說
他的母親生他的時候
有青龍對天而降

聽說
他出生的時候
右手指天，左手指地
「天上天下，唯我獨尊」

事實上
所有的人出生的時候
都是嚎啕大哭

——二〇一五年十月二十二日，台中教育大學求真樓914

彼件代誌了後（台語）

彼件代誌了後
全國的喙攏夆鎖起來
一半个仔無夆鎖著的
攏去夆用銃子鎖起來

彼件代誌了後
每一支喙干焦會當唱
「啊……美麗的寶島
人間的天堂」

彼件代誌了後
每一支喙干焦會當呵咾

伊是自由的燈塔
民主的長城

彼件代誌了後
每一支喙干焦會當有一種聲音
彼件代誌了後
阮阿公阿爸死毋願瞌目
阮阿媽阿母目屎滴袂離

——二〇一四年九月二十七日，台南永康

那個事件之後（華語）

那個事件之後
全國的嘴巴都被鎖了起來
幾個沒被鎖著的
都被用子彈鎖了起來

那個事件之後
每一張嘴巴只能唱
「啊……美麗的寶島
人間的天堂」

那個事件之後
每一張嘴巴只能歌頌

他是自由的燈塔
民主的長城

那個事件之後
每一張嘴巴只能有一種聲音
那個事件之後
我阿公阿爸死不願瞑目
我阿媽阿母眼淚滴不停

——二〇一四年九月二十七日，台南永康

原罪（台語）

恁講我犯罪矣
我愛母語
我愛母語的歌
我愛母語的詩

恁講我犯罪矣
我講母語
我唱母語的歌
我用母語寫詩

恁講我犯罪矣
我堅決復振母語

我堅決唱母語的歌
我堅決用母語寫詩
毋過恁講我犯罪矣

——二〇一七年十一月七日，台南永康

原罪（華語）

他們說我犯罪了
我愛上了母語
我愛上了母語的歌
我愛上了母語的詩

他們說我犯罪了
我說母語
我唱母語的歌
我用母語寫詩

他們說我犯罪了
我堅決復振母語

我堅決唱母語的歌
我堅決用母語寫詩
但他們說我犯罪了

——二〇一七年十一月七日，台南永康

大江大海一九四九（台語）

乒乒乓乓
大江大海逃來小溪小湖
乒乒乓乓
大江大海佔領小島小城
乒乒乓乓
大江大海釘根歷史課本
乒乒乓乓
大江大海爬滿地理課本

聽講大江大海有皇家的血統
結果大江大海需要靠小溪小湖養飼

——二〇一二年二月七日，台南永康

大江大海一九四九（華語）

乒乒乒乓乓

大江大海逃來小溪小湖

乒乒乒乓乓

大江大海佔領小島小城

乒乒乒乓乓

大江大海霸佔歷史課本

乒乒乒乓乓

大江大海爬滿地理課本

聽說大江大海有皇家的血統

結果大江大海卻需靠小溪小湖養育

——二〇一二年二月七日，台南永康

我看著我的心臟咧跳舞（台語）

我看著我的心臟咧跳舞
正正佇我的目睭前
這真正是完美的藝術
伊踏著迷人的舞步
毋是 Isadora Duncan 式的
嘛毋是 Martha Graham 式的
是純粹的跳動
是有機的跳動
是有情的跳動
只為著參與我的性命的存在
我無法度形容我的感動
伊已經為我跳欲六十冬

有時是優雅的華爾茲
有時是纏綿的倫巴
有時是活潑的探戈
二尖瓣是一對美麗無比的鳳蝶
半月瓣是一隻優雅無比的天鵝
佇神聖的殿堂內寬寬仔飛
飛出我的身軀
飛向世界
飛向宇宙

——二〇一六年一月一日，台南永康

【附註】二〇一五年十二月三十一日，我去成功大學附設病院照心臟超音波。

我看到我的心臟在跳舞（華語）

我看到我的心臟在跳舞
就在我的眼前
它真是個完美的藝術
它踏著迷人的舞步
不是 Isadora Duncan 式的
也不是 Martha Graham 式的
是純粹的跳動
是有機的跳動
是有情的跳動
只是為了參與我的生命的存在
我無法形容我的感動
它已經為我跳近六十年

有時是優雅的華爾茲
有時是纏綿的倫巴
有時是活潑的探戈
二尖瓣是一對美麗無比的鳳蝶
半月瓣是一隻優雅無比的天鵝
在神聖的殿堂內款款飛
飛出我的身體
飛向世界
飛向宇宙

——二〇一六年一月一日，台南永康

【附註】二〇一五年十二月三十一日，我去成功大學附設醫院照心臟超音波。

黃昏的安平海邊（台語）

日頭捽光之鞭
萬隻的金戰船
佇烏水溝較船
風歇佇我的懷抱
坐看這場競賽
時間熨袂平記持的皺紋
防風林咧絮語話當年：
西拉雅族戰湧烏水溝
鄭一官海上踏血傳奇
國姓爺佮荷蘭的海戰
金小姐猶咧等船鑼聲

我欲按怎說服我的目睭
相信這片金色海洋溫純
若台窩灣的在室女
古早古早西拉雅人是按怎
靠岸移民這个海翁窟？
茫茫數千里的海上孤帆
寂寞敢無也跟綴數千里？
當年數百隻的戰船
射入去鹿耳門溪
敢真正有騎鯨人？
敢真正媽祖顯靈？
一官指揮千隻海盜船
輕鬆挵風揞水
日本、荷蘭、西班牙、大清帝國的
海軍驚心破膽

當代的風雲煙霧
猶罩佇台窩灣的龍骨
劍獅已經筋骨老化
欲按怎鎮煞避邪？
歷史的滋味偷偷仔
撒佇蚵仔煎裡
我踏到安平古堡的點心擔
「頭家！來一份蚵仔煎！」
這時安平予黃昏
拭甲金爍爍

——二〇一四年十二月十一日，台南永康

黃昏的安平海邊（華語）

太陽甩著光之鞭
萬隻的金色戰艦
在黑水溝飆船
風歇在我的懷裡
坐看這場競賽
時間燙不平記憶的皺紋
防風林在絮語話當年：
西拉雅人在黑水溝乘風破浪
鄭一官海上踏血傳奇
國姓爺和荷蘭的海戰
金小姐猶在等待船鑼聲

我要如何說服我的眼睛
相信這片金色海洋溫柔
有如台窩灣社的少女
古早的西拉雅人是如何
靠岸移民來這個海翁窟？
茫茫數千里的海上孤帆
寂寞是否也跟隨數千里？
當年數百艘的戰艦
射入鹿耳門溪
是否真有騎鯨人？
是否真有媽祖顯靈？
一官指揮千艘海盜船
輕輕鬆鬆乘風破浪
日本、荷蘭、西班牙、大清帝國的
海軍驚心破膽

如今的風雲煙霧
依然罩在台窩灣的龍骨
劍獅已經筋骨老化
要如何鎮煞避邪？
歷史的滋味偷偷的
撒在蚵仔煎裡
我來到安平古堡的點心攤
「頭家！來一份蚵仔煎！」
這時安平被黃昏
擦拭得金光閃閃

——二〇一四年十二月十一日，台南永康

等待玫瑰的消息——向烏克蘭軍民致敬（台語）

白雪頂面彼堆紅血
若像火山爆發的火漿
猶佇我的腦海咧燒
戰車一台一台
對伊的邊仔駛過
白色的雪和烏色的漉糊糜仔
佇鐵鏈下軋碎
若像絞肉機裡的肉泥

風咧吹
雪無聲咧抗議
無葉的樹冷冷徛咧

我日夜期待上帝
寄來春天的消息
白雪裡無開出
紅色的玫瑰花
我只好用筆寫落
這堆血的故事

風猶是咧吹
雪猶是咧落
我猶是咧等待

——二〇二二年十二月十七日，台南永康

等待玫瑰的消息——向烏克蘭軍民致敬（華語）

白雪上的那灘紅血
如火山噴發的岩漿
仍在我腦中燃燒
戰車一台一台
從它的旁邊駛過
白色的雪和黑色泥漿
在鐵鏈下碾碎
猶如絞肉機下的肉泥

風吹著
雪無聲的
抗議

無葉的樹幹冷漠的
站著
我日夜盼望上帝
捎來春天的信息
白雪裡沒開出
紅色的玫瑰花
我只能以筆寫下
這灘血的故事

風還是吹著
雪還是下著
我還是在等待

——二〇二二年十二月十七日，台南永康

語言文學類　PG2989　秀詩人117

詩人：
方耀乾台華雙語詩集

作　　者 / 方耀乾
責任編輯 / 陳彥儒
圖文排版 / 黃莉珊
封面設計 / 吳咏潔

發 行 人 / 宋政坤
法律顧問 / 毛國樑　律師
出版發行 / 秀威資訊科技股份有限公司
114台北市內湖區瑞光路76巷65號1樓
電話：+886-2-2796-3638　傳真：+886-2-2796-1377
http://www.showwe.com.tw
劃撥帳號 / 19563868　戶名：秀威資訊科技股份有限公司
讀者服務信箱：service@showwe.com.tw
展售門市 / 國家書店（松江門市）
104台北市中山區松江路209號1樓
電話：+886-2-2518-0207　傳真：+886-2-2518-0778
網路訂購 / 秀威網路書店：https://store.showwe.tw
國家網路書店：https://www.govbooks.com.tw

2023年9月　BOD一版
定價：260元

讀者回函卡

國家圖書館出版品預行編目

詩人：方耀乾台華雙語詩集 / 方耀乾著. -- 一版. -- 臺北市：秀威資訊科技股份有限公司, 2023.09
面；　公分. -- (秀詩人；117)(語言文學類；PG2989)
BOD版
ISBN 978-626-7346-21-1(平裝)

863.51　　112012712